文學の森

2001年７月21日　尾瀬　実川硫黄沢

序

美穂子さんは俳句を始められてすぐ、頭角を現されたという印象が強い。それも、最近めきめき腕を上げて、目立つようになって来たというようなタイプの人にありがちな、巧みで狙いが際立つような作品ではなく、一読、おっとりした、さりげない情景を捉えていながら、そこに何とも言えない滋味、余韻が感じられる句が多いというところに、その特徴があるように思う。

古 書 市 の 神 田 賑 は ふ 秋 深 し
食べ尽くすまでやめられぬさくらんぼ
かたかごの花いつせいに揺るるとき
玉 と な り 光 と な り て 滴 れ る

羽搏ける鴨の夕日にかがやける

ごく初期の句ながら、素材を的確な写生によって、描き取っていることがうかがえる。これは美穂子さんの天賦の才能ということももちろんだが、やはり血筋ということを思わせるものがある。

美穂子さんの父上は、鎌田杏化氏である。大阪で弁護士として大活躍され、弁護士会、裁判所関係の有志を募って法曹鳴子句会を立ち上げて、後進の指導にも当られ、「ホトトギス」同人でもあった。多くの作品を「山茶花」をはじめ、いくつかの俳誌に発表されていたが、数年に一度、それらの作品を精選、再選することなく、すべて収録した句集を出版されていた。これは句集の出し方としては一つのありようで、虚子の句日記に近いものと言える。

おそらく、それらの句集は美穂子さんの手元にも届けられたであろうし、きっと美穂子さんもそれを読まれたことと思う。初心の美穂子さんは父上の作品をよきお手本として、学ばれたことであろうと想像する。

春風や眠たき眼して山羊老ゆる

梅に来て目白も鵯も鶯も
たがはずに降り出し暮るる梅雨入かな
光るもの水のみならず菖蒲の芽
輪番に薬師堂守る石蕗の花

など、その素材の扱い方、叙法には、初心者とは思われないほどのものがある。
その素材ということに注目すると、美穂子さんは一見、華奢な感じに見えるが、なかなかのアウトドア派で、山登り、沢登りの際に作られた句には、実際にしてみないと経験できない実感に裏打ちされたものが多い。

テント村できて穂高の風五月
藪漕の間近に瑠璃鳥の騒ぎけり
天井を削り湯沸かす雪の洞
初雪となりし気配のテントの夜
灼熱の岩を攀づ手の置きどころ
地吹雪の煽るテントを張りにけり

寝袋に聞く沢音の明易し
沢登り終へてこたびは芒漕ぐ
遡る沢に増えゆく赤とんぼ

同じことは、列挙することは避けるが、ダイビングやスキーの句にも共通している。体力的に大変であろう中で、一句をものにすることはもっと大変かと思うが、ごく自然に詠まれている。何よりもそういう行動の中に、季題の情趣を捉えきっているところが素晴らしい。

目を身辺詠に変えてみよう。

引越しの忙しき日々の花は葉に
秋茄子メインの野菜カレーかな
秋灯や食卓に夫ゐし日ふと
諦むること増えてゆく木の葉髪
山茶花のさびしきゆゑに咲き満ちて
旅予定変へる気はなき春の風邪
汗かきを健康的といはれても

美穂子さんは、息子さんも娘さんもお持ちだが、ご主人は突然の病で早世されたとうかがった記憶がある。そういう淋しさがふっと句に出てくる時があるのは自然なことで、それを素直に詠まれているところに好感を抱く。旅先の珍しい風景、情景ばかりを巧みに詠んではいるのだが、生活実感がないという人の作品とは異なるということを強調しておきたいと思う。つまり、アウトドアの句と日々の生活の中の句が、相乗効果を発揮しているところに、この一集の面白さがあるのである。

ここに、敢えて一句を取り出してみる。

鶯 や や ぐ ら の 虚 子 に ぬ か づ け ば

この句、もし〈鶯や虚子のやぐらにぬかづけば〉だったら、あまり面白くはない。「やぐらの虚子に」だから、作者の虚子に対する畏敬の念、また逆に親近感が思われるのである。こういう何でもないように見える技巧が、美穂子俳句の機微かもしれない。

その他、東京住まいの都会的センスの溢れた句、また江戸の昔を伝える行事の情緒を感じさせる句など、その幅は相当に広いことも、付け加えておかなくてはならないだろう。

いつだったか「山茶花」の旅吟で、北九州の小倉を訪れた時、有名な祇園太鼓の実演を披露していただいた。その後で、「どなたかやってみませんか」という声に登場されたのが美穂子さんだった。一同、驚嘆の声を上げるほどの撥捌きだった。実は、美穂子さんは和太鼓も稽古されていると、その時初めて知った。そのバイタリティーを、俳句の上でも存分に生かして、チャレンジしていただきたいと思う。泉下の父上も、それを楽しみにされていることであろう。

身辺多忙極まり、お約束からもう一年も経とうとしていることをお詫びして、拙い「序」とする。

平成二十八年三月三十日

六甲山麓にて

三村純也

句集　沢登り▲目次

装画　友杉茉莉子
装丁　三宅政吉

句集　沢登り

大滝

平成十年〜十二年

高麗人の拓きし里の彼岸花

古書市の神田賑はふ秋深し

襟立てて冬めく町を急ぎけり

物干台十軒十様路地小春

平成もはや十年よ年暮るる

寒桜ほころびそめて人気なし

山毛欅林抜けてスキーや抜き抜かれ

春風や眠たき眼して山羊老ゆる

白き椅子白きテーブル新樹中

食べ尽くすまでやめられぬさくらんぼ

荒梅雨の傘役立たずなりにけり

テントの灯消してしんそこ虫の闇

ほつほつとあはあはと冬桜かな

ガサ市や火伏のバケツなども置き

混んでゐし深川めし屋初不動

日脚伸ぶ園の子らにも子山羊にも

梅に来て目白も鵯も鶯も
シュプールを春の夕日の染めてゆく

かたかごの花いつせいに揺るるとき

テント村できて穂高の風五月

涸沢のヒュッテに泳ぐ鯉幟
駈けてきて笑顔まぶしき夏帽子

岩を攀づ頭上はるかに瑠璃鳥の声

大滝をザイル頼みに攀ぢにけり

老鶯の三角点に鳴き交はす

出かけねばならぬ大暑の真昼かな

玉となり光となりて滴れる

ダイビング支度のデッキ飛魚とぶ

岩を攀づ手の先々へとんぼ来る

源流の尽きて踏み込む花野かな

渡船待つ矢切の風の蘆の花

日に透けし紅葉の下を舟下る

羽搏ける鴨の夕日にかがやける

美容院出て極月に戻りたる

藪漕

平成十三年〜十七年

山小屋の門松小屋の内に立つ

ダイヤモンドダストリフトの我を包む

日を返すこともなくなり残る雪

寄せられて融けもならずに残る雪

梅の丘梅の谷とて日あまねし

ミカエルの翼のやうな春の雲

春愁の娘のその頃の我に似て
湿原の日がな雪解の水の音

坂上り下りして港町薄暑

岩ひばり小屋の石垣塒とし

沢登り盛りの余花にあふことも
たがはずに降り出し暮るる梅雨入かな

雨兆す山湖翔び交ひ岩つばめ

藪漕の間近に瑠璃鳥の騒ぎけり

寝袋に河鹿の声と瀬の音と
かなかなの途切れてはまた押し寄せて

撤収のテントに霜の晴れにけり

山茶花に睦み目白の番ひとも

終電車いとはぬ気なるおでん酒

凍てしかと思ひし鶴の二タ三声

目の合うてちよと竦みたる嫁が君
野水仙後姿のそつけなし

天井を削り湯沸かす雪の洞

菱餅の切れば蓬の匂ひけり

光るもの水のみならず菖蒲の芽

引越しの忙しき日々の花は葉に

薔薇活けて新居なればの奢りとも
透けゐても照り映えゐても若楓

木天蓼の花散り込める沢登る

設営の高嶺残鶯冴して

拡げたる地図に尺蠖いつの間に
露重りしたる天幕をたたみけり

ちらほらとさくらもみぢしそめにけり
初雪となりし気配のテントの夜

幕営のまさかの雪となりにけり

素潜りの獲物持ち寄る焚火かな

江戸開府四百年の出初式

午祭銀座の路地に幟立ち

悟りたる笑みの一人も涅槃変

二重虹かかりて明日はイースター

掘らせくれ筍飯もふるまはれ

閑古鳥遠音老鶯近音かな

秋茄子メインの野菜カレーかな

走る雲夜目にも白き野分かな

落葉搔最後は手もて掬ひもし

おほかたは浮寝きめこむ雨の鴨

着馴れたる和服の多き針供養

かはるがはる風鐸鳴りて涅槃西風

花吹雪野点の席へ舞ひにけり

暮れなづむ祇園に春を惜しみけり

藤棚の花を終へたる木暗がり

田植機の吐く稲五本稲五本

池上線運転席の西日かな

老鶯や藪漕のいつまで続く

火吹竹作つておこすキャンプの火

常滑を撫でゆく水の澄めりけり

湿原に源流尽くる草紅葉

急斜面児らも厭はず茸狩

点呼取りては散らばれる茸狩

傷つけて初茸の青毒々し

収穫の笑顔の中の茸汁

粋筋を率ゐる羽子板市の客

潜りつつ潜りつつ鳰遠ざかる

泳ぐやうに手から歩む児初笑

流鏑馬の舞ひ上げてゆく花埃

鏑矢の射抜ける的に花吹雪く

満ちみちて囀るものも咲くものも
スキーしてバーベキューして山五月

灼熱の岩を攀づ手の置きどころ

岩を攀づ汗の身に蚋つきまとふ

天道虫撓る葉先を折り返す
移る葉のなければ飛んで天道虫

山毛欅の森深く泉の湧くところ
かなかなにテントの朝の明けにけり

今日の月銀座のネオン引き離し
瓢の実の一つ棺に入れにけり

輪番に薬師堂守る石蕗の花

木洩れ日に大綿消えつ現はれつ

山茶花の陰日向なき盛りかな

星月夜

平成十八年〜二十二年

闘牛に門出の神酒のそそがれて

闘牛の腹脈打ちて息荒く

小流れの黒きを蝌蚪と気づくまで

鐘供養法話虚子にも及びけり

耳舐めてもらふ子鹿のとろけし眼

伸びてゆく飛行機雲も夕焼色

だしぬけに十月の蟬鳴き出しぬ

富士塚の銀杏黄葉に埋もれて

舞ひ納め夜神楽の神餅を撒く

産土神へ行く径々の御慶かな

足跡の兎を追へる狐らし
鶯ややぐらの虚子にぬかづけば

列長きボート乗場の花の昼

池の面の若葉明りの暮れ残る

桜桃をつまむ慣らひの忌を修す

すくと立つ早苗溺れてゐる早苗

炎天の去りゆくバスの土煙

だらだらと雨のだらだら祭かな

掲げゆく熊手裏向き表向き

ネット小説流行りをる世の漱石忌

五色幕張られし中の煤払

観音経流るる中の煤払

一つづつ鈴買ひそろへ福詣

トラックの数珠つなぎなる雪捨場

涅槃図や花を手向ける猿のゐて

搔き均しかきならしつつ白子干す

きらめきて干潟の波にはねるもの
草笛の上手な父が自慢の子

神輿舁く娘の長き睫毛かな

出格子も縁も畳も梅雨じめり

あめんぼのとつくみ合ひとなることも

抱へ上げ蕾見せては朝顔売る

降りさうな鬼灯市の昼灯

秋灯や食卓に夫ゐし日ふと

横丁の植木鉢より鉦叩

独り身の気楽さに慣れ木の葉髪

諦むること増えてゆく木の葉髪

頬撫づる風生ぬるき三の酉

ぼろ市の英国製の銀食器
ぼろ市に焼きたてのパン売れてをり

たんぽぽの巌流島に帰り咲く

見慣れたる遠富士なれど初景色

浅草の混まぬ路地なき松の内

瑠璃の海日がな見下ろし甘蔗刈る

行者径樹氷の太りつつありぬ

地吹雪の煽るテントを張りにけり

飛び込みし目白に揺らぐ椿かな

思ひきり降つてみせたり忘れ雪

墨堤の渡し場跡の初桜

咲ききりて風に耐へゐる牡丹かな

祭前とて浅草の人出あり

つと抜けて煙草一服神輿昇

江ノ電にあぢさゐマップもらひ乗る

ほととぎす遠音となりし山の雨

ヘッドランプ消して蛍に気付きけり

日覆巻きディナー支度のレストラン

蓮の花解けし一ひら風に揺れ

口くわつと開きしままの蛇の衣

邯鄲の鳴きゐて松の廊下跡

食べ比べ過ぎて迷ひてべつたら市

火祭の火の粉を煽る富士颪

火祭の火の采配も御師として

三越の提灯多し夷講

手締めしてお神酒配られ大熊手

枯蓮アールヌーボーのランプめく

キャベツ積む蝶のつきゆく猫車

花鳥賊の墨にまみれしまま売られ
容赦なく風吹きつのる初桜

錆びつくし落ちぬあはれの白椿

若葉とはいへど影濃き大樹かな

日がな降りそのまま梅雨に入りにけり

寝袋に聞く沢音の明易し

水嵩を覚悟の梅雨の沢登る

ほととぎす遠音近音に尾瀬わたる

沢に入るひよどり草の茂み分け

小屋出でて檜の穂仰ぐ星月夜

沢登り終へてこたびは芒漕ぐ

山々はすでに根雪よ一茶の忌

新宿のゴールデン街ゆく熊手

大熊手降ろす三人掛りかな

山茶花のさびしきゆゑに咲き満ちて

赤とんぼ

平成二十三年〜二十五年

潮風にしごきの揺れてちゃやつきらこ
船のみな引き上げられて小正月

そよぎては柳の芽吹く気配あり

累々とどんぐり芽吹く山路かな

入社式節電の薄暗き中

どの苗となく欲しくなり買ひ迷ふ

苗配りゴーヤカーテン指導して
飛び交へる蝶みな白き花菖蒲

鬼灯鉢くるくる廻し見せて売る

初蝉と誰かが言へば耳澄ます

縄文の世よりの清水湧くところ

佃煮の元祖の店の大日除

大糸瓜まだまだ花も咲きのぼり

溝蕎麦や流れ見えねど音高く

氷旗まだ下がりをる彼岸過

僧列に芸妓ら続き菊供養

夜神楽の二神おどけて国生めり

風すさべどもぼろ市の人出あり

石畳霞が叩き初不動
雪掻のままならぬほど凍てつきて

除雪車の仕事終りし夜明けかな

雛壇を飾り焼きたてパンの店

高層の増えし佃の鳥曇
花開く気配の木々の遠目にも

桜しべ雨の舗道を染めにけり

泣相撲泣きて始まる若葉風

小流れといへども迅し山女釣る

雲の峰びくともせずに暮れてゆく

落蟬の起こせば少し歩みけり

待ちかまへゐたる秋蚊に襲はれし

虫除も効かぬ秋の蚊なりしかな

解けそめし芒すらりと立ちにけり

増水の警告貼られ渓の秋

挽きたての打ちたての香の走り蕎麦

ご祝儀をつぎつぎ挟む熊手かな

大聖樹退り撮る人仰ぐ人

腰までの雪膝で押し登りゆく

旅予定変へる気はなき春の風邪

チューリップ笑ふ太陽笑ふから

神輿舁く老いも若きも誇らしげ

山梔子の萎れし黄にも香の残る
汗かきを健康的といはれても

蒸しに蒸す晴天続き稲の花

遡る沢に増えゆく赤とんぼ

風荒び破れすすみゆく蓮かな

万灯や纏の技を競ひもし

山と俳句

深山幽谷のナメ沢――安達太良山杉田川――

平成十三年九月二十二日。寒気が入っていて少々肌寒いものの、快晴である。不動尊裏の遊歩道にいっぱい落ちている栗の実を拾いながら御神体の遠藤ヶ滝まで歩き、身支度をして滝の裏から入渓。川はいきなり滑床で、あたりは木々が鬱蒼としているものの木洩れ日が射し込んで爽やかだ。結構水量も多く、激りたつ瀬や勢いよく吹き出すような滝口に秋日が輝いて壮観だ。滑床はフリクションが効き気持ちよく登れる。四m滝は鎖を使わずに登り、残置ハーケンのある六m滝は左を、次の六m滝も左から登り、鉄梯子のある八m滝も左から登った。十m二段の滝は右から、いずれもザイル確保をしてもらって登った。釜をもった三m滝の手前で大休止。九七〇m付近、行程の半分位とのこと。この先上流は二俣まで小さなナメ滝と深い釜が連続していて美しい。日本百名谷の一つというのもうなずける。

　　粧ひそむ尾根をめざして沢登る
　　沢抜けぬ間に秋の日の落ちてきし

二俣の手前の三つの滝は、一つ目を小さく巻いたため、すぐ次の滝にぶつかってしまったので、最初から三つまとめて大きく高巻いた方がよかった、とはリーダーの後での感想。最後の滝十m二段の滝を右から巻き、仙女平へ続く廃道を探しての藪漕となった。身の丈を越す笹藪の中をどんどん登っていくリーダーの姿は見えず、コンパスを頼りに必死についていった私だった。藪中ながらも途中で道らしきものが現れ、十六時半前に仙女平に出た。天気は明日も大丈夫ということで、急遽ツエルトでビバークして山頂を目指すことになった。水も食糧も乏しかったけれどビールと梨で渇きを癒し、寝袋やマットも持参していなかったので、着られるものは全部身に付け、ザックを敷いて寝た。
二十三日、四時半起床。一杯分のコーヒーを沸かし、行動食を食べ出発。

撤収のテントに霜の晴れにけり
山頂へ霜置く笹をかき分けて
山頂へ続けるガレの霜光る

八時前に山頂に着き、一番乗りかと思いきや結構人がいた。陽射しが強く、眼下には雲がいくつも浮かび、二本松の町は輝いている。くろがね小屋で水を補給して塩沢温泉へ下山。入湯を終え、バスで二本松へ出て、郡山で乗換えて須賀川へ。ここには日本の滝百選の一つ「乙字ヶ滝」があるので途中下車して見物に。小ナイアガラの形容どおり、魅力的な滝であった。「乙字ヶ滝」なるものがあると初めて知ったが、亡き夫の母方の義理の祖父、俳人大須賀乙字の出身地がこの近くなので、何か関係があるのかなぁなどと話しつつ眺めた。

五月雨の滝降りうづむ水かさ哉　芭蕉

の句碑があった。

（「山茶花」平成十五年二月号）

山と俳句

天国と地獄――大雪山クワウンナイ川――

平成十四年九月三日、旭川で先着の人達と落合い、タクシーで天人峡温泉へ。ホテルに不要な物をデポし、十二時近く出発。来た道を少し戻り、川沿いの林道を辿ってポンクワウンナイ出合から入渓。天気もよく、水も案外冷たくなく、ひたすら河原歩きと渡渉のくり返しだが、流れが速いのでスクラムを組んでの渡渉が多くなり、途中適当な木を見つけて杖にした。因みに「クワウンナイ」とはアイヌ語で杖川の意だそうだ。増水するとその速さと凄まじさは大変なもので、天気が安定している時でなければ入渓してはいけないというのもうなずける。

一日目のテン場は当初七八三m二俣付近を考えていたが、七〇〇m付近で十六時近くになり、付近に一・五mほどの高さの台地が見つかったので、ここに決まった。藪を少々切り倒してテン場を造り、焚火を起こして食事の支度。河原周辺は一面の大蕗原である。旭川に親戚のあるメンバー調達のジンギスカンの材料で、沢旅では考えられない豪華版の夕食だ。満天の星空の下で焚火を囲んで幸せな一日目の夜を終えた。

拡げたる地図に尺蠖いつの間に
降るやうな星に瀬音の爽やかに

翌四日六時半出発。七八三m二俣の先、S字峡分岐を経てカウン沢出合を十二時半頃に通過。一時間程で魚止めの滝を越すと、二の沢のハイライト滝ノ瀬十三丁の始まりである。思わず大歓声をあげてしまった程の大ナメの景観だ。舗装道路のような幅広のナメ床を清らかな水がサラサラと流れていく。滑る心配は全くなく快適に歩け、長い苔は絨毯のようで、滝も難なく越してゆける。両側の森と行手の青空、白い雲を見ながら一時間半、やがて流れいっぱいに水を落とす五m滝を越えると、さしものナメも終りである。オーバーハングした七m滝を右から巻いて飛び出した狭い台地には焚火跡もあり、今日のテン場に決まった。テン場からは黄金ヶ原の一部分が見渡せ、折りしも夕日の中でまさしくその名のとおりの景観を呈している。もちろんこの夜も満天の星空だった。

露重りしたる天幕をたたみけり

五日、テン場発六時。沢に下りると渓相は一変していて、沢は細く、段なす岩は丸く、ビロードのような苔が覆う上を流れ落ちる水の景観はまるで日本庭園のよう。一時間半ほどで源頭の様相となり、イワイチョウの群落のあるトムラウシ高層湿原の一角に出た。やがて溶岩の岩稜帯となり、鳴き兎の声を聞きながら攀じ登っていく。休憩の時、姿を見ることもできた。

草紅葉いつもどこかに鳴き兎
岩稜の果なぞりゆく秋の雲
岩稜の囲む池塘のえぞ竜胆

岩峰を抜けて縦走路に出てからも、巨岩と花野の織りなす天の園のような景観は延々三時間も続く。化雲岳頂上、ポン沼を過ぎ第二公園を過ぎた辺りからは道が悪くなり、そろそろ地獄の始まりだ。第一公園にはやっと辿りついたという感じで、十八時頃にはヘッデンを点け、ヨレヨレで滝見台着十九時。足はもつれ、何度も倒れそうになりながら、やっとの思いで二十時半、天人峡温泉登山口に戻ってきた。朝六時に出発してから十四時間半という地獄のような下山となったのである。なんとか食事だけはしたが、温泉に入る元気もなく寝たのだった。

（「山茶花」平成十五年八月号）

あとがき

父は多忙な弁護士の職務の間を縫って、数多い月々の句会、吟行、研修会などに欠かさず参加し、作句に熱情を傾けていた。

昭和二十五年「山茶花」に加入、田村木国先生に師事を受けてより下村非文先生、石倉啓補先生、三村純也先生と、歴代の尊敬する師に恵まれ一途に作句の道に精進していた。

朝鮮での判事時代を入れると、終戦、引揚による空白を除いても五十余年の俳歴であったが、その間十冊の句集と『法窓茶話』なる一冊の随筆集を上梓していた。

そんな俳句即人生の父の傍らにいながら、私は俳句に興味を持たなかった。それがある時何を思ったか、旅の途中で急に句心を刺激されて十句余り作り、父に書き送ったのである。添削の上、うまくおだてられてその気になり、句会に参加してみることにした。

平成十年一月、今は亡き東京の立木塔児氏宅での「山茶花」の「草笛句会」の初句会である。五十六歳になって十日余りのことであった。父のことをよくご存知の句友も多く、すぐさま「山茶花」への入会を決めた。

俳句を始めて十年余りの時、句集を出すことをすすめられたが、遅々として上達しない悩みの中で、句集を出すことなどおこがましくて思いもよらなかった。

その考えが少しずつ変っていったのは、平成二十四年五月に子宮体癌の大手術（子宮・卵巣全摘と大動脈リンパ節郭清）をしてからである。生きてきた証を残しておきたいと思うようになったのである。

沢登りの句を作っている人は余りいないのではないか、拙い句ばかりといえども類句が少ないかもしれない、という甘い考えが少しはあったことも否めない。

三村純也先生にはご多忙極まる中、選句と身に余る「序文」を賜り、心より感謝申し上げる次第である。

また同志社大学古美術研究会の同期生である友杉茉莉子さんもお忙しい

中、カバーの絵を快く引き受けて下さった。

樹木を通して宇宙の言葉を受け取るという茉莉子さんの絵は、見る者の魂の奥底を震わせる気がする。

シュタイナーに魅せられ、スコットランド・フィンドホーンでのワークショップに三年間参加したのをきっかけに絵筆をとられた。平成二十六年八月に『あなたは光の道しるべ』という画集を出版された茉莉子さんにも心よりお礼を申し上げたい。

西尾美穂子

平成二十八年三月

著者略歴

西尾美穂子（にしお・みほこ）

昭和16年12月　朝鮮平壌にて出生
昭和21年８月　朝鮮より引揚
昭和39年３月　同志社大学法学部卒業
平成10年１月　「山茶花」入会、三村純也先生に師事
現　在　「山茶花」同人

現住所　〒173-0003　東京都板橋区加賀 2-3-1-710

句集

沢登《さわのぼ》り

発　行　平成二十八年六月二十九日
著　者　西尾美穂子
発行者　大山基利
発行所　株式会社　文學の森
〒一六九-〇〇七五
東京都新宿区高田馬場二-一-二　田島ビル八階
tel 03-5292-9188　fax 03-5292-9199
e-mail　mori@bungak.com
ホームページ　http://www.bungak.com
印刷・製本　竹田　登

ISBN978-4-86438-450-6　C0092